武林理安寺志卷之八

藝文

錢唐擅山水之勝而理安寺當西南諸峰之奧九溪十八澗在焉清泉壞砌白雲作籓香界閒隔越塵境其清邃秀絕之概可以導幽情而舒風雅斯亦奇矣然溯中明而上屢遭壞刼法宇摧殘四方游屐罕至咏歌無聞萬歷中得契靈大師駐錫其時吳方伯用先暨鄉耆布金蔚成叢刹而賢士大夫若馮太史輩移檄來游風流宏獎蓋瀁祉旣作而吟咏之富號稱極盛我朝以來天平法輪宏轉好奇愛博之士以其餘閒探林蜜之邃美啟幽鍵於慈燈卽事裁詩選徒紀勝日以寖多裒然成裘爰是類而集之俾積玉相鮮半珠無憾云爾志藝文

詩

贈佛石大師　　　　　黃　輝 慎軒

縛茆方半壁便不過溪行苦禪增價詩工道掩名法嚴諸弟好緣僧一身輕蠟食垂裹髮高峰擬再生

　　　　　　　　　陶望齡 石簣

不出屢經年無齋自坦然高名傳口耳靈氣徧山川善說何曾說真禪不賣禪近來宗教客師與寶天淵

理安寺志卷之八 藝文 二

竿頭重進步瓶笠上孤峰閣小神遊大心空法界容掃端
呈了義筆底露機鋒晏坐那伽定涼風送暮鐘

瞻社　　　　　　　　　　秀水 馮夔禎 具區

寒隨早梅放春氣動林泉到此人青眼相期社白蓮清音
茆屋下明月竹窗前瞻意息心在都忘俗慮牽
得與遠公近無將陶謝分去喧聊避世習苦自逃羣曲潤
移時汲深松靜夜聞空山門不閉遙度九溪雲
同寶淮南黃貞父訪理安方丈　　　仁和 吳用先 本如
收印出城郭行行人白雲泉響逖竹響鳥語隔松聞曲硼
廻峰合空門野徑分平生蕭散意獨喜對僧羣

　　　　　　　　　　　　無錫 鄒廸光 愚谷

招尋豈憚遠九轉聽溪流徑僻風烟靜山深林木幽青蓮
覓淨侶白社愜良遊無限登臨興斜陽不可酉
行密人難識曹溪是嬌傳應門曾戒虎報曉聽啼鵑橋木
生猶死方牀坐不眠誰知丈室內法界有三千
紅塵會不遠太古若為鄰面目非凡品鬢眉亦衆人結茆
藏寶岊刻石奉金身小坐維摩榻巖花滿葛巾
九折溪流漱石根芙蓉稠疊欵禪門六時常許猿聲報一
室惟留虎跡存呪得山祇來侍食要將林鬼篤司閽烟霞

鄞縣 屠　隆 亦水



口角菩提相似爾何慚兩足尊

廢寺荒蕪已百年師今結屋更安禪　　　　王穉登百穀
似廬山喜種蓮巖畔伐薪常易米石邊接竹每供泉詩成
林如芝遁堪樓鶴社
盡是雲霞色不數清江與皎然

次百穀韻　　　　　　　　　　　仁和黃汝亨貞父
短日優游亦小年不須薙髮竟安禪澄澄水戶杯停雪片
片峰青座擁蓮僧自開山同慧理客來潄石號寒泉陶公
莫作攢眉態日飲名茶已霍然

理安寺志卷之八藝文

　　　　　　　　　　　　　　　錢塘吳之鯨德公

去去探幽侶前頭第幾峰鳥飛深澗影鹿臥淫苔蹤梵律
山中漏經聲夜半鐘往來原不少流水共高松

　　　　　　　　　　　　　　　仁和胡屓嘉休復

十八澗名古君今第幾重屋欺三尺雪門抱萬尋峰抽筍
防羣鹿懸松鬪老龍名山終自戀有累尚周顒
到此開心地應消歲月長匡牀流作枕阿閣石為梁魚泛
栖花赤茶分豆子香不須談妙義白坐到羲皇
常恨牽人事無能數爾過危橋撐一石老樹結長蘿理味
堆埋跡山情足養和機鋒無可犯妙悟得禪那

　　　　　　　　　　　　　　　俞安期羲長

經春猶在定芳草沒柴扉蓮漏聽無睡松花服不飢酬僧伸一指伏虎授三皈揮麈生風雨白雲凝翠微

山中樵子不識路世上俗人誰識名何當老我松巔閣燒尤蒸藜過此生

　　　　　　　　　　　　華亭　陳繼儒眉公

龍象何年別重尋識翠微蘚深埋石骨藤陷長松圍雲寶

香分乳巖窗翠滴衣忽醒塵海夢相對澹忘歸

冬日寄懷佛石大師再訂見訪之約

澗邊紅樹半應殘寒色猶多在理安入定不知瓶水凍放

黎初見石霜乾都忘剡上杯堪渡只把湖南山自看居上

饒能營十笏莫愁無地可盤桓

師過訪雪竇言返故山詩以送之

　　　　　　　　　　　　戴　澳斐君

吾師不行腳為雪到寒巖磴受孤藤印蘚開千歲緘聽詩

龍欲醒味法虎猶饞又向湖南路去天颶布帆

石公心印定誰傳親到龍潭已十年領取階前沒腰雪不

從人覓日頭禪

湖南山裏最高峰三十年懸佛石宗不向諸方浪行腳長

持瓶拂侍雲松

吸盡湖雲興未窮笑他簫鼓逐時工孤山鶴去人何處聖

理安寺志卷之八藝文　　四

水龍降此鉢中十八澗深禪未寂三生石老素心通欲擕
半偈長松下一法燈明叩遠公

幽絕無塵到谿山路幾重石牀常面壁雪徑少人蹤捨筏
離諸幻司門有二空廣長宣妙偈巖上雨濛濛

周宗建 季侯

過訪閣中賦贈佛石大師

吳伯與 師每

攀躋人自鑒空行迴轉枝峰一目平洞嵌花開紅欲笑波
翻鳥下白全迎空濛四注原眞界幽冷千盤是淨明共道
毫光新吐處東峰面壁對孤清

錢希言 象先

舊基開白社不知誰施鶴林錢
前樹老欲參天每看簷鳥窺中食慣聽江猿啼夜眠將聲
溪邊握手共蕭然黃葉青山又隔年袖裏花香猶帶雨門

理安寺志卷之八 藝文 五

嘉定 李流芳 長蘅

草深沙徑樵夫引苔厚石橋麋鹿行坐久忽聞松籟響此
心已敵鏡池清

宜興 周延儒 挹齋

湖山淺而媚此地獨奇幽曲澗千林合層巒一寺收風分
香供客雨洗石竅樓我亦塵情斷翛然竟日留

將如奇 盤初

空山隱靈蹟杖策破蒼烟削壁臨秋澗圍峰束遠天竹看
僧眼碧泉味道心玄轉向孤雲坐蕭然箬笠懸
　　　　　　　　　　　　　　　　　　王宇永啟
披榛十里總崎嶇遠隔高峰與聖湖蔥蒨夾溪通小徑
柯當路籬封狐雪中掘筍堪留客雨後采茶嘗聚徒不用
乘輿尋幽澗谿廻二九重碧雲浮片石蒼雪落羣峰入定
能馴象安禪好制龍苦茗何厭少相對自顒顒
　　　　　　　　　　　　　　　　　張元芳完樸
閉關方入定一潭寒水月明孤
　　　　　　　　　　　　　　　　李之椿大生
真詮應許我白雲幽處是諸天
香偏自近黎禪九峰影逐天花落斗室光從心果圓法覓
蒲團獨悟自當年一徑深深曲澗邊松響不曾妨入定泉
【理安寺志卷之八藝文　　　　六
　　　　　　　　　　　　　　山陰祁承爌爾光
渡澗竹為鄰倚巖松是閣為訪遠公來獨慚一宿覺
　　　　　　　　　　　　　嘉興譚貞默孟恂
墟落忽已盡松風引石橋溪紆寒澨轉山捲翠陰招飛啄
餘飢鳥行歸伴暮樵此間棲大隱幽澗出詩瓢
古剎奇山水荒夷鳳為君誅茆驚毒虎補衲拾閒雲春澗
籬頭急秋濤嶂外聞閒欸白法香塵落清芬

茶史卷之八　藝文

六

《理安寺志》卷之八 藝文 七

吾師臘樹開筆幾手種長松鱗甲起悠悠眼底四清朝忽
忽耳中一流水憶昔逃跡南山岑不道俄成祇樹林半空
鐘磬江天曉幾箇茆齊寒日陰自是吾師具神力禪隱人
間人不識持鉢不到長者村疏經宵陸講師席以斯白晝
長掩關孤雲一片相與閒有時挂杖看山出自愛衲衣風
雨斑門前復潤生古寂那得過從有謝客愧我多年結白
蓮壽師此日供怪石

壽佛石禪師　　　　　　　　　　　　　陳萬言居士

賦贈佛石大師

絕澗攀藤萬峰攢翠五雲交孤猿獨伴僧啼月雙
鵲初啅草織巢石乳瀉蓮浮淺沼巖屏列竹綻新苞遙
羨道廬山寂枕上江聲過樹梢

謝師烹葵　　　　　　　　　　　　　江陰黃毓祁介子

生無食肉相野供乃可適感師烹綠葵慚愧非上客
謝師贈木帳鉤

木癭口爲鉤遺我伴幽獨於我定無嫌我形亦槁木

訪佛石禪師　　　　　　　　　　　　　安希范我素

禪關杳隔翠微深樵徑榛蕪不易尋巖壑生雲晴漠漠
蘿薇日畫陰靈泉竹引通香積曲澗篆迷護寶林半榻
跡趺心更淨俗塵何事得相臨

理安寺志卷之八 藝文

寂寂深雲鎖俗駕何緣叩遠公

呈佛石禪師　　　　　王國材

小結茆茨碧澗中自甘不與世相通鏗開瓊液呈天巧洗
出靈巖劃鬼工施食鳥來投掌慣聽經猿去嘯山空禪屏

題長松圖為佛石大師壽　　　　　李壽飛侯

白社仍森古到門山蕭然層臺依石足丈室出松巔檻俯
鏗容靜窗收峰影連都忘語移日戒虎嘯巖前
老人閉關謝塵事山色泉聲自朝暮試占僧臘誰與齊笑
指石邊兩松樹

十八澗紀事　　　　　蔣全昌應長

湖山鍾靈而結斯澗細流春淙曲瀑夏汕懷彼伊八朗徹
冰鑑泠泠澗聲遠雜漁梵自愧勞塵泡影夢幻盤石橫溪
柴荆倚樹吾黨躋攀有濟勝具剝啄兔驚灌纓蛙怒大竹
臂團修桐仰顧導泉歸廚酒落如注老佛嵚岑拈花祖襟
憐我俗因古貌古心萬籟不生獨鳥嘲林柿葉碧黑異窗
同陰厭苦人跡復欲巢深諸峰崔嵬月吐其缺鐘鳴鼓歇
何以空滅白雲冒枝宛若松雪照耀東山領此幽潔紛紜
廻廊與石頡頏下連松閣上達竹房禪榻洞啓中函異香
清夜無寐起舞月光厭明湖上烟水茫茫

八

理安寺志卷之八 藝文

終老
　與法雨大師話舊　　　仁和翁汝進
憶昔訪問中故址沒荒草茅屋剛半間土壁風雨倒豫章
太守回師勉當學道頓悟空空予法頗了了靈根逐日增
年堂閣煥然好師究竟苦不早候忽三十
諦一時掃接續佛慧命提挈仰僧寶願共棲白雲禪悅可
終老

奉訪法雨大師　　　徐時泰見可
高僧雲臥處工斧偏幽奇猿鳥迷蘿徑江山發藻思已耽
靈運還誦慧休詩不盡翹瞻意重來謁導師

贈佛禪師　　　白檻
氣靜秋雲白足閒雪黴明三江終有盡一榻了無生對我
淡玄水接言和太羹竹冠莘未徹永結石泉盟

同晼仲年兄奉訪法雨大師　　　徐天麟
一笠開山虎穴邊雨前雲水證前緣鶴開伴客過齋苑猿
老翻經到講筵絕壑懸燈明獨夜破嚴留磬出孤烟與君
訂取松嶺約每箇峰頭住十年

引法雨大師歸自蘇隄桃花未殘
空門友別尚咨嗟法雨泉香戀瀹茶人語碧溪沿水樂鳥
啼青嶂隔烟霞湖山有意遲歸客風雨無權剝晚花若得
菰茅疎結屋南屏陽口作漁家

理安寺志卷之八 藝文

處處尋齋乞食還半為發偈半偷閒客因目雨遲行騎僧
白巢雲靜掩關竹色暗添新歲月峰巒猶識舊容顏十年
前度來遊者何事風塵鬢已斑

蔣紹燃鷺洲

春日訪法雨師

問道來春澗巖花巳半紅魚鳴鹿苑樹鐘送虎溪風晏坐
超塵累澄心悟法空葛巾我無定恨不日相從

錢標鼎孟玉

次家君韻

師只在此山中鷗忘杯影波光潔虎入牀頭物性通試問
清梁深處杳難窮不盡雲烟笑畫工行腳每思逃物外尋

楊文驄龍友

雪中寄懷法雨大師

為憶安禪處山圍雪愈寒骨清支破衲髮長當蒲冠乞食
人歸末卸花鳥自盤別懷同索寞轉眼又冬殘

戴琳如友石

奉訪法雨大師

逃空大麓隱高名石坐三生面壁成骨似疎峰寒更瘦心
同止水冷愈清叢林久蔓殘碑沒卓錫重開古磬鳴貝葉
翻餘吟白雪澗泉飛落玉琤琤

徐懋升

赴澹社

仁和卓爾昌仲昌

百谷歸雲色莓苔冷石牀高談輕世諦遠想到空王巢鵲

六橋橋下水從來佛印有蘇公

新成墨衣珠舊有光梵音松際入卽此是津梁
山月方深臥風傳野寺鐘磴喧千澗水門隱數株松香茗
塵堪滌伊蒲澹作供慈根新得雨應自日過從

沈鼎新自玉

厃徑轉叢薄澗聲高下聞寺鐘剛午日巖翠半秋雲趺坐
喧還定清齋渥亦釀況逢老支遁長嘯欲離羣
寄懷法雨大師

蔣拱璧魚從

松木場邊倚榟楊梅嶺下住家不向涌泉隨喜幾度凌霄
作花
鶪鴿繞膝無懼於菟候門不嗔青松萬株傲世白雲半片

【理安寺志卷之八藝文】　十一

謀身

次太史兄韻

周正儒御淸

迷𧸘山亦俗獨以癖成幽深樹望無際餘暉漸欲收樵迷
崖畔路鳥睨竹間樓搔首層霄上藜鞋到處雷

吳人龍仲飛

漱齒中溪雪晴鐘微上方泉聲過竹細人影度橋涼茶話
收峯色樵歌轉石梁十年塵夢破秋意滿斜陽

沈璜璧父

重山壁立鳥難行曲磴幽深草亂生九折溪流分澗下幾
層茆屋隔雲平秋來一月繞逢客老去經年不入城我有

聚芳志卷之八

烟霞風骨瘦稜層一片禪心冷似冰舉動儼然圖畫裏芒
鞋草笠杖枯藤
本色住山眞衲老多年不肯露機鋒尋常笑語皆心法慚
愧今時棒喝宗

金壇 王宇春 季和

庚午夏日禮法雨大師約十年後相從聊記歲月

鳥道二三里蟻封十八旋巖際低落日樹杪挂流泉掃地
焚香坐開窓聽雨眠開來持小品怪石古松邊

泰和 蕭士瑋 伯玉

理安寺志卷之八 藝文

訪佛石禪師

語言障知君夢覺情相將十年約石上話無生
上士明心處深溪繞翠屏閉簾千葉界洗耳萬松聲除卻

仇鑽聲之

雷起龍 伯石

高情期五嶽小隱得佳山古木成蹊徑危峰出澗環微吟
時倚樹愛客不開關所性常空寂天際絕躋攀

石壁懸崖夾道迎翠勻春雨破苔行溪廻山轉自林麓間

蔣友篤 蒙淇

錯松濤與水聲
浩劫荊榛現聖因鬚眉無改本來身眞禪不著禪那相石

十三

輿地志卷之八

藝文

理安寺志卷之八 藝文

青高風寄遠神　　　　　　越其杰卓凡

豐韻秀似古能臨碧澗清一枝容寄跡雙樹願投誠性自
無文澈心從藻句明泉聲深夜冷洗淨世間情

聞說端樓四十年今來黍叩豔陽天仄境三生熟碧
澗飛泉一脈傳雲流石乳禪關寂月度松陰唄語圓自昔
辛未暮春黎法雨大師　　　　　　賀　焜舍叔

宗風應不墜願將微息護真詮

訪法雨大師賦贈　　　　　　　　崔世召聞菴

古斷煙林翠一圓涌泉巖畔老苔衣鳥窠擁松巔穩龍
藏雲封樹縫微客倩磬聲通介紹佛憑石室逗鋒機雙跏
趺處千山寂獨許寒猿叩短扉

池上鳴佳禽僧齋日幽寂高林曉露清紅葉無人摘春谷
不生煙荒崗筠翳石不應朝夕游良為蹉跎客
徑凌飛鳥上蹻翠越峰頭樹赤霞爭起湖明天垊浮幻來
同𠡠䢇立之自龍井至十八澗　　　吳廷簡以𢄉
三面錦染出萬山秋目到難給處心魂不可收

和𢄉翁韻　　　　　　　　　　潘弼諧爾𢄉

龍井居雲上分岐更上頭奇蹤想不到目蕩意俱浮粉籜

理安寺志卷之八 藝文

難為繪清光宛是秋雨山紅葉闌珊袖未勝收

秋日訪法雨大師賦贈　　　　唐世濟存憶

絕巘危崖客到稀避喧猶自鎖荊扉惟留雲氣籠丹嶂
攬江光上翠微濤籟響交奏叶紅黃葉互繡成圍幽人
獨臥千峰頂贏得烟霞染衲衣

和前韻　　　　海甯陳祖苞令威

十載勞勞策杖稀重來新構見層扉禪關磴轉侵雲半江
色山開致閣微眉鶯並看絲作伴冰霜偏喜綠成維摩
太瘦應非病每得猶飡石上衣
久欽和尚未遂頂禮詩以奉約　　蔣鉉長洲

溪深澗曲水雲鄉今是東南選佛場客語未終林薄勝心
期先入鳥猿行詩新忽洗荒山色行到能跌猛虎旁願得
捨身隨作務供師掃地與燒香

訪佛石大師　　　　周祚新又新

老衲不耐世結屋山之陽廻谿窈靜窣披泉泛空香清磬
下饑烏疲猿窺裹糧遠瀑入虛樓霏霏如練光到山小日
月塵事可相忘

大隱真無愧潛龍不近名江流黎實相清梵答泉聲草閣
臨風迥虛堂受月深何時謝塵網長此學無生

　　　　賀王臨汲庵

奉贈法雨大師　　　　　　　徐陟翹幼淡

亂山堆裏結精廬飛錫重開瓦礫餘三浙遠窮天際目
常護夢中書看雲懶入鷲英社臥石無煩長者車世外
真修誰得似登公長嘯德公居

幾年不到此松已長過廬拜佛增歡喜蔡師問起居爾懷　釋洪恩雪浪
真自好吾道復何如惟願同樓息悠然與世疎

題澗中卻贈

澗環聯十八峰折九疑青嚴瀨松垂見瞿塘葉倒聽石蒲
斜激水巖樹曲藏星若到楊梅熟何勞向幔亭

理安寺志卷之八藝文　二十五

吾門禪講集獨爾出于藍虎兕穴能住獅王座豈難矮松
為四壁苦榮當中滄末法澆漓日津梁賴可安

釋德清憨山

自從紫柏傳心印斷塹埋名三十秋逸辯絕超岑大虎孤
標清比政黃牛室中把傘支寒雨崖下栽松過短樓出處
機緣君悟得肯隨浮輩便昂頭

夏日過訪法雨大師　　　　釋寬悅瓏鶴

何處埋名隱空山獨往尋石潭千澗落雲磬一峰深片雨
涼衝夕疎藤夏結陰白扉幽不掩松月上孤岑

天台釋傳燈幽溪

阿師五內淨纖埃松下柴門晝不開行盡九溪尋不見埋
名何必到天台

酬月下遊石梁鄰贈

石梁瀑水挂飛龍師住橋西直下峰終日對橋觀不足月
明還聽上方鐘　　　　　　　　　　　　釋如愚蘊璞

憶昔金陵日同遊雪浪門機風禪士伏法雨世人爭我欠
都下寄懷始約結伴入山今負前約

千頭帳君穿獨鼻禪蹉跎今已老心跡負前言
靈鷲寄贈　　　　　　　　　　　　　　釋志若耶谿

冷泉會握手一別十餘春見地超前輩吟詩敵古人藏名
　　　　理安寺志卷之八藝文　其

名更顯避客客偏親久欲攜筇杖相依過此生
夏日同癩鶴師訪佛大師　　　　　　　　釋廣詢明宗

九溪曲曲水清流竹徑陰森冷似秋坐來不用袪炎暑自
有清風到石樓

山上青松萬樹多白雲片片出山阿師常入定經塵劫開
眼還同一剎那　　　　　　　　　　　　釋如浸巢松

攜鉢千峰裏誅茆曲澗邊枕鋤眠細草敲石煮春泉鳥下
嘗聽法松陰覆坐禪時聞好言句海客得相傳
　　　　　　　　　　　　　　　　　　釋明杲雲山

[Image is rotated 180°; content too faded/illegible for reliable OCR.]

理安寺志卷之八 藝文

奉訪佛石大師　　　　　　　　釋通潤 一雨

吾師遯跡烟霞裏毒龍鬪虎都生喜有時長嘯最高峰月
下聲聞五千里戴雨栽松松拂雲開池種蓮照水訪容
過門無處尋童子不言舉豎指

久別過訪佛石大師　　　　　　釋性悟 六平

白下曾酬唱別經廿載過苦心師韉鑠放意我蹉跎海內
馳名久山西日已多蒲龕可分坐相傍老烟蘿
下談經天雨花挂壁泉流清韻遠當窗竹長綠陰遮寂音
不出柴門三十載道風久已播天涯雪中入定鶯巢膝樹
文字禪相敵海內除師有幾家

　　　　　　　　　　　　　　釋圓信 雪嶠

野雲多性懶久不問花神寒澗暫停月空山獨枕八秋殘
松徑紫詩冷草階新杖底金烏撲家風虎自鄰
佛師嗣紫伯祖翁因訪訂盟同居

　　　　　　　　　　　　　　釋元亮 清亮

衣信南來久藏名不可尋橋廻幽徑轉閣過古松陰五色
奇雲繞三江浙水深何時同且住揮麈到威音

師雁山歸過訪　　　　　　　　釋如曉 萍踪

隨緣只說天台去引興從雁宕歸鬓結旋螺新長髮身
拕糞掃舊縫衣重開竹徑山容瘦漫剪蒿籬草色肥谷口
春風溪上月久甘岑寂護雙扉

　　　　　　　　　　　　釋正觀
空林尋大朗曲曲聽潺潺石澗藤穿壁山廚竹引泉鳥驚
孤策響雲靜一瓢懸揮麈松窗下香風滿法筵
　　　　　　　　　　　　釋如安
山山臨曲澗曳杖聽鳴泉入谷疑無路穿崖別有天猿來
呈果熟鳥起帶松煙何處尋踪跡鐘聲到耳邊
為識此中靜重過訪石關危松坐幽寂小閣枕潺溪櫻熟
夏來樹花飛春去山時光頻過眼不易道人間
　　訪佛石大師不遇　　　　　釋受教文心
松枝已長二三尺茆屋新添四五間多被世人知隱處何

理安寺志卷之八　藝文　　　　十六

方更買沃洲山
　　寄懷理安和尚　　　　　釋道章雅修
廿年岑寂養幽容坐老蓮花澗上峰簧樹每窺禪定影江
城常聽講時鐘庵開別岫成孤隱路驚危巖剩幾松遙望
白雲難盡處西山了了未曾封
　　懷理安師伯　　　　　　釋道振嗣梅
紫菊秋霜楓葉紅峰頭一聚未從容每懷濟世人將老轉
覺他山夢正濃瓢洗盡含殘雪冷竈烟春為嫩苔封昨朝
細讀傳來句誰送香秔帶月舂
　　喜箬庵禪師至　　　　　荊溪蔣全昌鹿長

理安寺志卷之八 藝文

訪鹿長居士　　　　　　　釋通問

憶別禪扉又十年兩峰雲物九溪烟家園一洗荊南鉢客
路重浮雲水船櫻筍肥時花影瘦藤蘿缺處月輪談深
忽聽江潮涌活火風爐響夜泉

南澗和尚病起招致用蔣鹿長韻卽事奉贈

自笑波瀾窄淪茗頻添落澗泉
晚同攜郭外船掠盡一溪風色好谿開空界月輪圓山僧
快論猶能勝昔年句香筆底走雲烟攬靑直上城西路靠

山屋子進如船事經刀刃遊來戲響逐鼪鼯話到圓日月
面門皆有佛沙彌薦得供清泉
病後喜山臣居士至卽韻奉答

谿回磵轉徑年年隔竹新炊藥日烟荷法道人房近骨藏

仁和 顧 坦山臣

撐湖海逆風船一番病骨安閒在三到荒林語笑圓莫怪
佳山豐儉過年年播弄晴霞曉嶂烟不受世情當面吐憤
待君空索索得來新茗試新泉

入山看箬大師病次韻　　金陵 佘五化周生

石鐫佛字想何年我與君來洗舊烟間道入山纔匝座超
方越澗不須船病窺關棜塵根破痛劓機鋒照用圓自是
至人藏妙處幾番殺活看龍泉

理安寺志卷之八 藝文

船居　　　　　釋通問

錦段荷翻又一年　湖光十里織秋烟　人方病後清如鵠
在晴時活似船　語話未闌思正遠　月華生魄想初圓　山居
道者承余意趁曉新攜石广泉

休居謝眾是何年　臥老西泠一水烟　畫出好山秋夜雨　占
全湖面晚開船　枯柴骨格生來懶　活脫機關悟到圓　得似
道人安養法　請看徹底不流泉

和箬大師湖舫見示

湖容山翠占多年　又值荷香弄晚烟　客去穿林輿似馬　人
來借渡屋為船　眼空紋水看成碧　耳接秋聲聽自圓　拂拂
玄風共酬嘯　枕流猶喜漱清泉

和南澗和尚養疴湖舫　　　　奈五化

風分麴院意當年　花氣翻為水際烟　女隊不留高士盼　宮
中誰認邴公船　思來靜鷺聯拳立　息至遊魚唼影圓　此日
波瀾原自大　維師百藥洗紅泉

次韻呈箬大師兼索山臣道人和　　奈五化

生亡日月死亡年　只此惺惺火裏烟　莫笑醉翁醒後醉　但
看船子覆時船　玄珠在澗千峰立　玉鏡當臺萬古圓　瞬目
太空舒卷在　豈從窅寐擬黃泉

答周生道兄　　　　顧圻

理安寺志卷之八 藝文

湖舫呈箬大師乞法語兼和諸社兄

武林 湯之章 穉含

厓厓求艾已三年祇候寒灰一綫烟句裏乞焚筆硯竿
頭持去照舟船函牛鼎在聊烹大比月規亡更製圓不似
懋中悲老驥數加鞭影决飛泉
土面灰頭不記年花無香鹽火無烟棒頭不悋頻錐劄舟
子何妨卻覆船映水霞紋千疊鍋當空皓月一輪圓釣竿
曾許垂鉤餌潤我枯魚玉澗泉

答穉含居士

釋通問

長夏渾如太古年論深無語對爐烟風光不異威音畔願
力須乘般若船一種狐疑猶未决千岐差別豈能圓金鱗
莫戀鉤頭餌躍起清流古澗泉

喜周生穉含兩居士盟賦贈

釋通問

論交有道想當年眼見塵囂滿面烟指出鏡湖秋際月打
成剎海願深船雄潛山澤神猶王驥老風雲夢未圓今日
病僧無一語證明曾許九溪泉

喜觀周生穉含兩兄盟

顧圲

艮如比玉貴豐年目擊荒城半井烟五百味因誰證草六
千兵氣自沈船方思努力春秋盛適見同心水乳圓讀至
古交珍重語令人清意在山泉

次韻贈周生盟兄兼呈箬大師　　湯之章

鏡湖風日小為年短棹輕分浪裏烟祖道自堪花作座
談何必藕如船雲開色相朝來現月托禪心夜靜圓此後
得從文喜去一瓢還飲德山泉

次韻呈箬大師　　徑山成運

玄風襲襲已經年何幸明湖接瑞烟碧水涌蓮呈法座青
山引石禮樓船龐翁得意機因徹瞿老婆心願未圓跛鼈
每思求出甕欲從古澗飲清泉

湖舫得晤箬和尚次諸社兄韻　　蔣頤

秋日猶長似小年病中藥餌只雲烟獨支拄杖追游侶不
著袈裟坐釣船蓮社初開弛酒戒遠公接引寓機圓且休
敗與求餘子把盞高論第幾泉

同聖翼道兄參箬和尚因讀唱和詩次韻　　茹師張

不愧相逢是老年祗應自愧未逢烟滌塵偕人南山寺領
法如乘到岸船幽境似宜人與靜清秋況值月初圓茲遊
頗覺師歡喜滌茗頻頻汲澗泉

貢長風破浪船三寸舌存中未冷一腔血在願終圓悲歌
漫作牢騷意且飲清涼南澗泉

次韻和稱舍盟弟

同乳多生五百年記會列譜上凌煙鵬圖繞汝談舘益于
耳旋盟願海船君悟空華能自了我隨波浪且如圖攢翠
繼我挣心醉總是曹溪一滴泉

承箬大師法語開示呈偈謝誨　　　　湯之章

抱聊雞棲已有年如何鼻孔竟無烟從前未解曹溪永令
日還乘般若船一種疑根言下斷萬般差別見中遺理安
獅吼真奇特信口長流法雨泉

訪箬和尚湖筋不值和韻

何事如瘂三十年翠微深處卧寒烟趨求未聽深公法
後遙瞻太乙船寶鏡出山空萬象秋湖印月恰三圍紅廬
也自無塵擾遇水何殊法雨泉

箬和尚舟中喜遇舊知奈周老

兵事無談已十年驚心江北盡烽烟難消舊恨千秋史聞
卻長風萬里船獨跨錦韉陞上歙靜看塔影日中圓粉足
已化菩提樹辛苦猶存青澗泉

箬大師養疴湖舫俊力疾隨之因和韻
　　　　　　武林　湯明俊

岐黃饒舌已年午三昧將沈火裏烟得遇渡人明自渡也
知船子不須船秋聲到樹山山徹朗月當空處處圓一葉

理安寺志卷之八藝文　　　三三

理安寺志卷之八 藝文

奉酬箬庵大師庚辰冬杭州太守劉雪濤偕杭紳徐大玉太史錢亦子進士方子凡孝廉諸公及余敦請理安寺箬庵和尚住古靈峰寺秋日寄偈步韻以答 黃通

勝事詞章好新月娟娟已映泉
里荷風繞面船濟已濟人投水合為文為武自珠圓共成
不獲隨黎遣病年御從枕上想雲烟一杯法雨傾心酒十

蓮舟藏古佛肩容遊子吸清泉
病中聞箬舍同諸法友集箬大師湖舫次韻

泥水何嫌入世深橫身貨荷到叢林檀那其幸新香火方
丈重宏古佛心伏虎遣禪潺誦韻聽泉老樹尚垂陰顯師
兩足鴛鴦住南北山雲樂有岑
機鋒半露莫言深一派傳流自少林異類入頭呈手閙
生出世見孤心香幢正印螺山月節杖置分之為險號
因緣來震旦何嫌調御育靈岑
戊寅冬抱病訪箬庵大師師謂其住虎可些談為岳
士砬遂與登留連不忍下乃移懷同駛但恩虛空接
斗俯仰依雲神情至此恍然有羽化丹邱之想無論
宿病俱瘳而平昔俗胎凡骨脫落始蓋有知交之此

易得良時以難逢卿用紀年非敢言韻

層樓何事起空中指下天台路可通大鏡開光三浙水羣
螺應響七星襪無言坐對渾天籟有意行看只太空長嘯
幾回千澗轉靈山息息有仙風

其二

烘梅煥暖覺非冬盈耳奔花鬪亂峰陽氣掀翻隨物轉微
軀磊落任時慵白雲封戶絨宵鎖青火爇林印曉鐘幽況
同參無可述稜稜眉戟晤心宗

其三 〈理安寺志卷之八 藝文〉

到此分明離垢幢猶餘九曲照三江俗襟未滌無非獨寶
劍纏磷若有雙翠壁寒梅憐作伴黃花白雪笑同腔平生
自為山中足居士如今孰可龐

其四

路從木末轉登奇樓掛山腰亦險蠍日聽松濤漱月時
瞻潮水日浮曦虎林古澗原存跡燕聚新巢始有基漫道
誅榛開土事移龍跡虎有吾師

其五

連宿層樓意欲飛卻從東實待朝嬌休為噪曙驚鐘亂寺
犬投村聽飯歸紅日突江堪我傍日雲出岫許誰依泠然

禦寇行何限自有尻輪與世違

其六
瀰空玉壘逼樓居一片寒光射太虛茶竈有煙堆榾柮
牀無絮繞詩書饑鳥下食窺殘鼎老衲尋疏挂凍鋤徹夜
已知年歲穩窮蒼切勿再饒餘

其七
逃從世外覓康娛贏得閒身樂海隅行邁鳥巢留欲醉坐
隨虎侍應祥符化人入夢傳圖說山鬼崩巖貢石玕且住
知已真止止阿誰又其應窗呼

其八 【理安寺志卷之八藝文 二六】
有山具茨可幽棲爲訪元公七聖迷適興豈緣登壁立乘
雲自可跻丹梯夕暉穿樹藏螢火瀑布飛泉露白霓玉蘊
此中稱有士當知法寶應曹溪

其九
窗開靄靄接雲階滿目江山寫壯懷十日住龕知自洗連
朝行樂死隨埋休論吳越分襟帶漫指禪宗覓草鞋空色
一時天外看無生衹有臥高齋

其十
有仙長愛白雲隈建閣嶙峋淑氣回宿向天樞牛斗近聞
隨地嶺木魚迴諸峰露頂餘螺翠幾布泉聲競吼雷擧首

理安寺志卷之八 藝文

贈箬庵和尚　古月正當臺

氣抱絕世清與表高天廓素胸諠亢亢幽懷乃落落雄知
毎骯髒雌守甘寂寞本志湛怒鵬古貌竹癯鶴畏疊頰尸
覻姑射羨綽約賦傲指黃花題菴住青篠鷓淡龕居鷗
咄超網縛詎謂遽唏噓從來重然諾磬山巨手眼臨濟大
作畧佛石在徵鏖江山來快閣靈峯際烟雲光輝生冊璧
往來寓雨山不數曹溪樂

辛未秋日偕李世初遊十八澗次韻　奈五化

藏山於澤也眞奇峯斷岑連勢若披溪水曲奔鳴復咽澗
雲飄亂合還離黃花笑客遼邊綻赤日穿林荏苒馳爲問
此中含韞事分明婆鏡一靈芝

登待夢閣次韻　毛

結閣懸巖亦甚巍開闢虛白炯麈微環吳一邐連山足限
越三迴帶水衣撫壁下聽隨澗落凌空退思和雲飛無端
境際因心滿大地山河作總歸

遊理安寺　太倉　釋方瑢眉石

萬木深藏寺招尋過石橋亂泉奔澗壑清磬落江潮佛像
遶唐代龍碑勒宋朝松巓登且住放眼海天遙

悼箬庵法兄和尚　釋通琇玉琳

風穴淚多誰告語雲庵慮切自嗟吁攀蘿直上千峰頂火種深埋面壁趺

理安寺

秀水 朱彝尊 竹垞

三家村裏人靜獨木橋邊路父竹響驚回融鼠泉香流出蒼松頂香林古佛壇一帆窗外落暮色越江寒

遊理安寺

錢唐 章式九 日躋

放跡同麋鹿乘幽入理安杖危疑絕壁礄折瀉飛湍傑閣蒼松頂香林古佛壇一帆窗外落暮色越江寒

贈濟水和尚

梵響出山谷溪流靜不聞紅塵消日月青氣老松雲禪定

理安寺志卷之八藝文　式

飛泉雨機忘話夕聽吾師無著意世界此中分

訪梅谷和尚不遇宿南礀寺有懷

釋 大汕 石濂

入門未見鼓瑤琴冷落蒼蘚滿地陰古寺寒雲孤客夢空潭明月故人心猿飛絕壁窺孫確鶴立高枝憶道林一夜泉聲來枕上不知何處可追尋

南礀坐月

寂寂重巖裏秋心對碧光水虛潭化月雲盡樹含霜宿鳥依山翠流泉引石涼不知諸品靜清露滴茅堂

喜箬庵和尚應劉郡伯請出住靈峰 釋 本豫 林皋

高提祖印壓諸方靚面相承孰可當七尺烏藤揮抹處放

▲野客草堂卷之八　雜文

耒水　宋某章左氏

理安寺志卷之八 藝文

再觀堂頭笠翁師叔賦此呈電將圖久侍座下

釋智瑤

雙眉如舊不干懷歲月空增滿面堆長髮土音師莫哂芭
鞋布衲君重來禹門雖攪澶天退湖上殊驚動地雷一榻
肯容橫座右從今懶更出山隈

同印持子蔣子岸昆季十八澗訪佛日禪師四首

吉水李元鼎梅公

秋聲迫嵐明雨氣浮行行豹虎迹彌望欲成愁
新筍閣懸巖隱定僧叩關纔一到彷彿記來會
漸入無人地嵐光罨幾層尋流依鳥渡取境隔林工葉響
曲折南峰東廻環古澗流但疑來梵磬尚似隔林工葉響

八理安寺志卷之八藝文 无

一榻坐袈裟樓遲度歲華誅茅恢古殿卓錫引流霞短髮
梳雲白長吟掠斜虎溪會過否槭槭響巖花
已覺幽閒甚遲言有靜樓捫蘿窺閣遠支竹俯雲低林缺
江流見山空木影寥寥人外世但恐再來迷
白雲樓回道經理安寺遇夢庵上人同尋諸勝晚至
龍井作

典化李㮣木叔

周覽雲林勝招尋石徑偏溪流明浩浩澗水縈瀧瀧馬九
溪十松竹禽聲亂煙嵐梵語傳舊遊誠倉卒重到遲遲延
八澗

回木馬驟春芳

書林志卷之八

藝文

吉水李元鼎藥公

天

同治五年丙寅四月□日

□题堂□□□味□□□□呈事□圖入□□□下

回木□□□□

清筆憑王令吟詩得皎然於壁適夢庵至盤廻濃蔭裏指
點翠微頽丈室拈花儔層崖法雨泉堂諸峰大人
大人曲砌小樓前與越至此斷江山望復連匡廬話春
下峰名夢庵為予言螺髻想秋天寺有微笑法雨泉諸
曉匡廬之勝螺髻想秋天分日月出正當峰尖茗椀溪
囊出詩瓢瘦杖懸虎溪君忽過龍井客爭先雲石清泉映
風篁夕照妍池開真是鉢峰好信如蓮風篁嶺鉢池庵蓮
花峰遊屐逢初地回棱憶法筵辨才飛錫處有客愛逃禪
諸勝

理安寺
清溪碧澗水淙淙疊嶂廻峰路幾重日落招提尋不見萬
松深處一聲鐘

且佳庵
當螺髻好峰尖
大江三折做層巖絕勝須知美不兼春半秋分明月上正

法雨泉
如盤怪石自孤懸滴溜休誇地涌泉不斷明珠飄箇箇風
前有意作潺溪

理安寺
導客求遊此窅辭道路瞻沿溪峰歷亂近寺樹交加烟起
知炊飯泉甘欲試茶層巔嗟未到陣陣落歸鴉

理安寺前亭子

茶泉志卷之八

初到幽巖裏拂塵尋舊詩三人名隱躍獨客意淒其聚散
何嘗定忙閒各自差上公頻顧問可許似前時乙丑余同
日初家蒼助題詩亭上今讀舊詩多存亡聚散之感己卯余
南巡余同京江相國憩躍遊此今相國日侍左右余
猶乘暇一遊也

早班安和尙　　　　　　　　　　吳江潘耒次耕

坐斷東昊八九峰選來祖席闡宗風醫王應病藥隨手老
將行邊兵在胸澗路撥開雲片白海門迸出日輪紅朝來
一喝如雷震贏得千山盡耳聾

南澗六詠　　　　　　　　　　　平湖釋元璟借山

跳珠懸寳碧花鮮點滴聲從石隙穿顧我軍持亦瀟灑重
來洗耳十二年

【理安寺志卷之八藝文】　　　　　　三十

法雨泉

巍然一髻出雲松日日開簾把笑容若使青蓮當日見不
輕許可敬亭峰

螺髻峰

層層貝葉大波瀾繞案千峰滴翠寒假我客中閒歲月添
香撿茗盡情看

藏經樓

巋然青壁閟玲瓏自是飛仙結搆工多少癡人符夢夢我
來笑破白雲中

符夢閣

抹黛塗丹丈六身坐空劫習歷窮塵愁來落落與之語可
作忘年一故人

佛日巖

千章嘉木晝陰陰九折溪聲瀉玉琴幾度倚節同鶴立空

《理安寺志》卷之八 藝文

理安寺

錫迦陵和尚
南屏 釋篆玉嶺雲

伏虎嶺山後吾師喜再興國中惟一衲眼裏已無僧不是
壽即鏨來求斬葛藤余因地上還著草鞋會
澗流屈曲遠相迎耳底塵緣被洗清纔到寺門逢梵放忽
門人語出松聲山青如對畫圖展竹影閒隨挂杖行苔徑
無泥沙轉白茲游難得夏初晴
夏日同金觀察志章丁處士敬過理安

仁和 邱峻晴巖

危巖陡立欵天牖剛風怒下萬松吼餘峰巀嶭排烟空蛟
蟠虎踞髼髶大紳屈折挂山腰飛珠跳沫匯清瀏潺潺
繞耳瀉銀川澗區十八溪分九山靈愛聽魚子聲默驅五
丁平呦寶慶之際結精廬喃喃唱僧皆偶炎涼閱歷
二百餘洪波衝潰嗟烏有契靈開士佛石來枯鍊團茆洗
凡垢天笠迦陵踵繼之搏獅馴象精神抖九天飛翰五
蟠大千佛子皆合手南朝三百年荒烟此寺獨居紺殿右
縱由赤足聞宗風鐘奇鬱秀亦天授我來春山螺髻新高
枝處處鳴鴉鼻落花浮水暗生香輕艅艇荇齊昂首天生
殊境瞬不遑鼕鼕鼓又迎予久入門小憩絕喧囂但聞隔
竹峨茶臼道人為我設伊蒲山菘薐乳烹盈缶世間淡濟

聖教志卷六十八　藝文

足天機案頭薄味耐咀口虛堂清話日下春欲去不去如
擊肘開簾樹微風生等閒豈與人消受我溯開山轉眼
今具閒變幻等蒼狗惟有空山泉日流爲問昔與今殊否

理安寺　　　　　　　　　　　　　長白　舒　瞻雲亭
乍入招提境迢迢碧蘚痕斷橋秋水渡破屋夕陽村竹密
綠藏寺山深苔到門木樨香滿路無隱亦無言

西湖漁唱　　　　　　　　　　　　海甯　許承祖　繩武
松篁密翳隱禪林石級層層一徑深梵靜鐘魚馴虎跡溪
喧風雨戰龍吟理安寺

靜裏能通一指禪㟁前寂瀝滴寒泉不知數徧摩藶雨消

盡爐中幾篆烟法雨泉

湧泉勝蹟比崑崙溪澗朝宗赴海門萬國嵩呼瞻寶翰

七峰環拱一峰尊大人峰

志逢慧力契靈勳山色溪聲幻見聞說法點頭到頑石也

教合掌對慈雲合掌巖

四繞烟霞似化城靈區古刹憶佳名空餘興廢無窮感剩

有殘鐘發舊聲宏法寺址

八月二十五日愚谷招同留農遊九溪十八澗憩理
安寺雨宿石屋山樓分韻得月字共成五十四韻

仁和　龔翔麟　衡圃

理安寺志卷之八 藝文

天生我閒人置之山水窟山容秋最好萬朵青滑笋擁擋
裹衣糧入山住一月誰料兩作祟連旬不肯歇街潭一尺
泥瀸瀸雙骹沒瑟縮窘閉門有足若被刖兩日頗弄晴愁
雲暫時揭頁友折簡招質明探嵯峨聞呼那待速披星扣
山閒主人方下牀而垢腳不襪朱卜游所向出門太倉卒
且窮山一而決意向南發小雨止復零磴路淨且滑洞先
水樂探嶺繼楊梅伐登頓蹾趾躦蕢罰導僧舞而
殿輿丁喘方蹶我乏濟勝具有杖手中挡愈入愈深窅細
路趨一髮側讓樵擔過籑避牧騎突摩肩箐蒙茸劈面石
回凸松篁綠烟雲陰晴湯蓬勃密諦諮施步障森儼雷戟鉞
交枝礙衣帽鉤望堂頻摑潨潨百道泉隱現勢飄忽龍攪
逆蟄蛇行入林儳軋轉線車砯匉走霆颭目接不暇
瞬耳煩徒覺聄落查霧間頓疑蜕凡骨徑欲上蓮花坐
受羣靈謁聞鐘得禪關渡行認殘楊松嶺閣小坐足力憩
踔踸窈窕螺髻峰逼人來咈萬事貴閒餘有與安可竭颯颯
許子奮欲前遇之意頗艷押恐遭虎巢攀定驚鶻
悲風生昏霧塞徑黑千行艱在舆轉櫟瓿歸至青豆
房心魂倘悦恍琉璃火靑熒瓦鉢香醩醇濁醪煨腳痛清
泉澆吻渴一飽無多求山中富筍蕨行廚毋乃奢羅列釘
肴核山僧亦多事堆柴佐餅餘大嚼夏饞扠攢飯快一甯

理安寺志卷之八 藝文

十月七日重游理安寺

湖山最勝處十八磵九溪移步景隨變引人窮攀蹊峽束
徑忽絕泉聲指途迷層層青蓮花包裹古招提前游悔草
草到此日已西一登松嶺閣頗謝得端倪詎知領眾妙蘿
月樓始奇憑關一送目譁許不我欺
谷罰急走浴鵠灣烟中呼船艓
中生石關敏銳賦已定不覺嗒然曰敢謝石鼎聯顧領金
豪氣足吞鴻浮盤空鬬硬語貼妥兼昇兀而我徒支頤口
賺泰關機失詎能越快意謝山靈頌莫罄揚扢二妙詩中
四壁亂眈蟲啾喞類嘲訐夜半風雨作瀑洞山欲拔游真

理安寺

錢塘 厲鶚 太鴻

鷩駓列翠蛾眉紛紅與駭綠萬象爭妍媸百日看不厭坐
享妊老緇下樓復上樓筋力忘其疲法堂兩堵壁水墨含
華滋緬懷楊龍友興酣落筆時那計七十年神物猶呵持
咄哉法雨泉佛石老瀋之滴不舍晝夜旱潦無盈虧何勿
磵獨石危橋支僧送客止此竟返不致辭而我步屢卻回
聯有所思雖結山水緣終非邱壑姿身已入仙源俄頃仍
宏佛力移此澗舍薔錢塘十萬戶庶免凶歲飢縛關跨南
乖離誓當逃塵網長往采朮芝山靈為證盟食言效此詩

老禪伏虎處遺跡在澗西巖翠多冷光竹禽無驚啼僧樓

理安寺志卷之八 藝文

曉入理安山訪智公方丈
釋明水

春壽衆象佳良友　欣乍遇偶來登松嶺憩作小常住老佛
動詩懷止客未可去　殘梅影猶芬幽鳥聲在樹好讀溪山
圖更爹風月句與君成二老各得簡中趣人生苦拘牽榛
棘閣敗黎自日可笑人而吾忽千怒將欲逃蓬瀛海沈不
可渡用拙我法孤戾時應可懼賴有青松交披豁見情素
眷眷理歸筇澗南山色暮

又
潤于

滿落葉幽思窮攀躋穿林日喧規泉咽風淒淒
同人遊理安山訪佛石和尚于松嶺閣分賦得過字
卻贈

曉入理安訪智公方丈
錢塘嚴誠力闇

行盡西湖復西望中清曉入林棲侵人嵐翠運頭冷落
杖霜華滿袖攜問法爾時懷舊雨予自丁卯至壬申數訪
佛石法兄論禪于此
看山今日愛新題智公出良山二非閣上聊茶話石磬聲
高仗力齊

甲戌秋日同沈鵬游理安寺贈嘯亭上人
錢塘沈鵬振飛

已公詩法好見面不尋常爲設伊蒲饌因來青豆房萬峰
黛岫色一鳥破溪光欲結三生契團瓢學坐忘

同作
故人游白業偕我過紅樓詩愛支公好情緣仲子幽活泉

理安寺志卷之八 藝文

入南澗禮簽祖塔　釋際月

一輪淹禪榻攤經上石臺翻思山果熟五月趁楊梅

理安寺四首　仁和程之章 端明

古寺埋烟翠殘冬容到稀過橋山酒折隔竹午鐘微野雀
巡齋鉢寒雲綻衲衣諸天梵寂何處著塵機
仄磴紆輕策名山占老僧天書睡寶網祇樹拓金繩日薄
淒鈴語霜乾出礦稜松巔高閣在瀟洒得開憑
壞壁金容儼空堂扇影銷千燈誰與續三宿戀非遙虎嘯
風驚定鴉翻月墮宵昔遊看歷歷檢點舊詩瓢
曲覓多通屋枯藤半繡苔江空鏗木撼塔迴亂峰堆儘著

春朝遊虎跑眞珠二泉遂歷馬鞍九溪石壁精舍
錢塘陸彥龍 驤武

孫枝寥落甚瓣香燒龍意怦怦
懸磬嶺十虛明龍潛澗曲春波靜虎變嚴陰午籟生懶愧
蕭森雲樹攤佳城呎峽浮圖聳太清道衍曹溪千古盛燈
佳氣盈春山鳴珂展旆綏臨風二徘徊縱橫任所思
在深林佳茗皛於絲沈烟煮茗水鑑味別淹淵幽賞動移
晷晨光何稀微高興陟層山絕頂窮巍疑猿狄向人嘯
豹爲我嗁從遊懔心目悲風傷春葵策杖戰行邁嗚澗緣

澄照月古木靜舍秋欲就香蓮界容黎六字不

理安寺志卷之八 藝文

題寒竹僧閒掃白雲潮山猶望 仲秋雨中游理安寺奉訪智公和尙

錢塘 魏之琇 玉橫

積翠淡斜矖林巒到寺分雨隨清梵歇潮接暮鐘聞客過
來勝地果何時琳瑯詩句清機發菀郁天香靜處隨塵跡

遊理安寺

海甯 楊式玉 岉白

三徑開蔣生庭無求羊甚冥坐悟物化達理不可欺誰能
高棲列館疏傾崖石壁延遙枝披榛覓新術廻步迷故蹤
同妙善存情與推移

上方鐘引路幽奇衣袂沾濡興不疲到此名山眞可釋重
來㘅地果何時琳瑯詩句清機發菀郁天香靜處隨塵跡 （闕）

未遑巖際宿過溪橋滑下遲遲 時蒙見示詩彙

釋實惠 雨懷

登大人峰

江甯 周 架幔亭

有峰號大人屹立清虛表披雲造其巔一覽衆山小

理安寺與智公上人話舊

理安眞佛地訪我舊時盟語契心如揭山深氣自清螺峰
插天碧法雨灑巖鳴十載重過此翛然塵夢驚

理安夜坐

錢塘 張世犖 無夜

分得禪單制睡蛇夜蟲撲火落燈花更無人語僧初定續
聽鏞聲月漸斜暗滴細泉知法雨默持半偈悟恒沙昏沈
掉舉俱雙遣的的禪心淨七遮

理安寺志卷之八 藝文

寺樓曉起

鳥語入殘夢憑闌欲曉時天低叢樹逼雲駛一峰移石桂
烟猶羃盆荷露未稀雛傳饋面取次嚼楊枝

遊南礀舊贈佛石禪師二絕　　仁和　錢曾珍葆文

逈珠瀉玉瀉明砂白石溪流曲徑斜啼鳥靜時聞磬發青
山斷處見人家

閑憇南山香積廚雲深樹老見眞如禪房鉢供曇花水講
殿經繙貝葉書

禮箬菴祖塔　　　　　　　釋越礀漁陸

九曲河連四海遙無時不作大波濤龍潛鯤化知多少一

勾源頭冷自高

溪橋晚步　　　　　　　　僧際予萍若

一團蒼翠四圍山鳥不多鳴花亦閒小立石橋看明月水
從杖底落溪灣

賦

理安寺賦　以七峰環繞雙澗合流爲韻　海甯　許承祖復齋

溯夫靈境宏開異人間出古院肇興涌泉立室兼衆
美於湖山現諸天之表率展金碧以成叢擅清幽而
無匹綜靈竺以成三指峰巒而備七惟是廢興迭邅
創造欣逢法宣上乘義貫眞宗欽異數於

理安寺志卷之八 藝文

三朝極輝煌于耳目繽紛五綵振聲響於鐘鏞泯一塵於深

先皇布金舍衛仰重光於
聖主疊
賜鶯龍閱歷

隰集萬景於高峰英水則諸溪爭赴眾澗遙環既湯
湯而下注亦脈脈以成灣法雨晴飛和松風於竹閣
天花晝墜紛煮於雲關亭收鶴影橋度波間漁唱
金牛捲蓴蒲於瀲灩潮來羅剎撼鼓角於塵寰其山
則大人端拱於寺西入覺趨承乎林表禮彌陀於巖
畔廻象依依瞻佛髻之光生青螺皎皎高翔白鶴鹿
眠符夢以來馴傍睨蹲獅虎跡潛騰而自查幸合掌
之時迎憶挂瓢之獨紹嚴岫分妍松篁外繞至若大
扇審基於五季契靈繼起於中邦信慈雲之溥被別
猛獸之能降功深悲憫氣溢敦龐門崇不二智證無
雙耿台巘之傳燈慧力挽五雲之律箬菴之古塔
勝音冠三折之江爾乃佛日仍標化城重幻歡並龍
天心傾仕宦臺增寶座之華徑築梯雲之棧拓宏法
於故菴砥洪流於碧澗繡屏幽曲楚江之芝草常擎
琪樹陰森優缽之曇花分瓣則見鳴佩鏗鏘香車紛
沓騷客來遊名賢下榻聲清石磬

理安寺志卷之八藝文

疏

十八澗結庵疏

仁和 胡脩嘉 休復 呈

宸翰遙宣而下答悠悠乎覺桃花流水之引人飄飄然疑乎山中之歲月而又何間乎世上之春秋

瑤島瓊臺之駸駸納煙霞千重雲霞四合維時含畫棟

於湖曲沿赤埠於林邱憶昔年之擔社訪當代之名流

星漢高凌晴抱翠微錦繡笙簧時憂根蟠古樹蛟

蚪披長蘿以深入結勝俱而偕求且住扃譚隱僧廬

於叢薄相逢微笑適仙境於岑樓行將與高禪其忘

乎山中之歲月而又何問乎世上之春秋

妙有之士囂塵勿違息心之人貌服必變故入深不厭穴

俗斯全遁寂逃喧處歸一致茲有佛石禪師少年通俠刻

厲文采悟榮華之支離悔謝雕蟲委身猛

鷲卑棲卜築掩室雙林雲氣孤回溪聲同遊靈心往還象

意俱得第椽瓦未周鳥鼠攸入挂瓢或礙見山豈忘為告

同志共結勝因無緣則慈增愛非捨財無豐齎其在喜施

法捐人我都成報利庶班荊蔭松之子不疲於津梁而破

凝驅咨我輩咸樓於蓮社云耳

重建理安禪寺疏

吳之鯨 德功

由南山水樂洞度楊梅嶺為九溪十八澗峰廻巘合溪流



理安寺志卷之八 藝文

呈

仁和 黃汝亨 貞父

清淺游殿初到恍然方壺員嶠不復知有塵世誠哉精修奧區也舊有理安寺為毒龍幻去鞠為茂草久矣禪師佛石見而樂之依泉結茅僅容膝耳棲水卓仲昌昆季及不佞與師訂方外交遂稍為經紀先後葺數椽既而馮開之大史來結擔社卓去病胡休復仲昌錢孟玉輩月凡一往益隆矣頃吳本如寶淮南方伯暨黃貞父暨連信宿不乃四方有道者宿并藜請之士履交脫戶外而客愈廣室忍捨去其訂後期為他日曳杖相從佳勝也余因從奧師拓基鳩工中設佛龕縱橫各五楹而諸同好咸踴躍願為勸募大約使高僧修祗袛習即為鹿苑之雲房名士結伴恬棲即為虎溪之蓮社實為海內津梁非徒一壑自擅已也凡具夙因兼稟勝情者幸發歡喜心作大功德當與名山俱傳不朽矣

佛石師往余見之靈鷲山別去十餘年今且誅茅結庵于十八澗中南山最幽絕處真實修行四方勝流多歸之余館玉岑為客塵所涸願假息一日漱流枕石而不易得也世人之絕塵而奔其易如此余歎羨久之頃吾友剛士作緣引更期為設龕五楹廣容勝流比於鹿苑虎溪予亦願投四大作此中一宿三過人也立為捉筆題而助之四方

理安寺志卷之八 藝文

興理安者不減雲臺矣

樊良樞譔章

西湖長於南北兩山間展跡無所不至而九溪十八澗展齒不至焉聞澗有法雨泉灑注如雨從石脉中流出理安寺踞其西偏歲久一片地落虎獿穴中是以人跡亦罕至佛石禪師結龕修行黃貞父稱其出世人絕塵而奔子謂非奔也比夫踢蹴軍持贏取爲山者也師不出山數十年西湖長莫得見其面昔遠公住廬阜三十年結蓮社十入賢皆當時名流謝康樂求入社不可得遠公謂其心雜得道成佛靈運終身愧慧業文人矣予不逮康樂遠甚宜佛老龕中無西湖長展跡也雖然劉遺民陶元亮皆先時爲守令其入社乃在解組之後而康樂非其人也師能堅遠公桑榆之志以貞父諸君繼元亮修靜之躅而予從吳伯霖胡休仲卓去病仲昌諸君子後收之白社所謂得果此緣真一段奇事也時辛亥仲秋二日

長水岳元聲

往來禪者道佛石師據萬山中竟钁頭邊事楊君持手冊過余余舉向山中曰師亦打這鼓笛耶因之有感於山靈興廢之間當其歸然獨存牛羊不至烏雀之聲不聞靈鷲

理安寺志卷之八 藝文

醫

胡眉嘉

余點頭一笑一莖草移向九溪十八澗中為師建理安寺竟知師當為一莖草移向九溪十八澗中為師建理安寺竟知師當為去孤負山前落帽風知師有意無意乎此舉也願借帝釋不謂師之有此舉也余讀師九日澗中詩嫌攜竹杖登高都盡余每過靈山洞壑老古錐開闢處往往一迴一感歎有知空谷無恙一旦人境交加物我並峙草本無春山靈

佛石禪師將興復理安贊告四方盡於德公之引矣何煩余言第同去病讀書薇鴉與師為方外莫逆極推許師嘗作心生法生論論多破的走金陵謁紫柏大師間以經義不能屈臨行至囑深藏幽谷以悟為期遂徧搜兩峰得理安於荒烟野露中樂而棲之晝捃橡栗夜班荆草虎嗥於前狐穴於後悟如也於是師之道望如晨風之鬱起吳德公首為檀施架阿閣一層始有安禪之處矣師之聲愈張間津問聖者未有不之澗中者也卓仲昌又為益三楹焉庚戌之秋感遺址而歎曰理安之廢甲子載周是為一紀數之終也終則復始斯其興矣乃以德公之言謂余曰吾將因基拓宇背為禪堂四方息心之侶象訪來茲庶有棲宿之地乎余曰東南佛事熾矣雲棲之淨土徑山之禪寂皆為緇素法場未有誘接於居士如匡山蓮社

理安寺志卷之八 藝文

書理安寺緣疏後

栖水 卓爾昌 仲昌

佛石大師與我輩同游不減患休從鮑懷一侶陳也其標情妙覺如朗月靈懸清風獨寫甲午歲忽戴笠擔瓢走南山十八澗澗即理安舊址始毀龍繼棲豺虎獸嗁鳥跡人蹤欲絕師誅茆編草一鐺自安將終身焉人固不知亦不欲人知也先是踪跡之者余與吳德公嗣後開之馮師黃寫庸胡休復暨余兄去病同為潼社藍輿往叩虛往實歸幾甘載矣頭以寓庸德公爾先生創議建刹四方雲起非師人龍威鳳慧譽風敷能爾哉第師甘麤衣惡聚材鳩工實非師志余故寫綴數語以明其志

者也夫情靈起伏萬緒千端則智多而愚冥澄心束影社惑破癡則僧易而俗難故遠公東林其一時如劉遺民雷次宗宗少文周續之諸人半於釋子非獨以高憺勝韻足展談笑眞以度庸人百不如度慧心人一也然遠公招來淵明簡斥靈運徵有分別之意師以虞大教化無所不引創東南希絕之事不更宏闊矣哉余觀廬山所記連雲如綺號為嚧謐未聞致遠公抱冊叩門而請今刺名潤中者寗止十八人荷持像法當無不躍然而起者故曰是役也有三善焉理安無黍離之傷拈華有中興之所名流韻士置想依空一洗其妻肉文綺之障功德最無量矣

This page is too faded/low-resolution to read.

理安寺志卷之八 藝文

序

澹社序
吳之鯨

由石屋沿水樂洞度嶺為十八澗山勢峭遍曲澗蜿舞樵語炊煙間隔數里作入其中眞如雲井化城都未經見忽然溪窮山盡暫欲小憩徐復豁別開一境層梯碧映巖壑奇杳宛若小武夷又似巖陵七里最勝南北諸山所絕少者也地幸荒蕪既無紺殿華袾之設又無行人可為嚮道客至急無所謂其飢渴以故游屐亦絕少于是佛石禪師喜甚遂依阿團茆枯鍊于此簞瓢無致高不過眉雨至戴傘坐室中或時凍雪三日瓶儲俱空有好道者賷升糧挾燧石往訪之發火煨粥陶然清傲遂不復入城市今數十年矣居旁有一池水淸列出虎跑諸泉上危壁蒼蘚蒙護其下游魚絛汲噴如雨花余每與師踞坐池上竟日無一言神氣淒蕭不復知在塵世人間聲雜至因其訂澹社為無言淸坐之會馮開之太史黃貞父胡休仲卓去病仲昌諸君聞而樂之趣求同事每月一會茗供寂寞隨意談楞嚴諸經教外別傳元旨後期薄罰以督之溪光山翠俱赴杖履此社幾與廬山爭勝余因語師太史今之坡公也龍泓辦才一派淸嚮與澗相接願毋相負如不佞與胡卓諸君隨意稱無答罟直何不可矣

理安寺志卷之八 藝文

壽法雨大師序

蔣全昌

天不可捫也海不可揭也崑崙五嶽不可權度也寶內之大莫踰夫海山然圖經物志有能窺高深測遐邇者唯道體彌綸宇宙包括六合大足以無外細足以納芥未始容其窺測也狃以一斑之管竟全豹一勺之蠡窺望洋道亦宜乎可見錢塘法雨大師隱十八澗三十餘年天不愛道產此偉人萬壑千峰一缾一鉢擷芝菌以當饘粥蘇蘭桂以代柴薪聯槲葉成衣冠寒泉為乳酪眠分虎狼之席吟隨猿鳥之行風霜古其容日月增其臘煙霞痼其志雲水洽其神手培尺咫之松而欲干青霄矣坐觀江海之濤而幾變桑田矣昔惟一盃上雨旁風而今精藍鱗次矣昔止身鶴巢鼠飲而今漁梵雷鳴矣昔也同類不見其蹤跡樵子不知其姓名今也遠方得而依皈公卿得而護持矣僕往來問道遊師之門寒暑凡十五易覺師口如鐘鏞無考不答法如霑霖無土不濡建經獅律虎之幢御鹿苑牛車之乘炳心燈而燭月前魑魅出慧鍔而斬言下葛藤真選佛之銓衡天人之阿傅也師善文而能不篤連師善講而能不鳩聚對賢士大夫未嘗妄投一偈遇鈍根小器未嘗妄豎一拂韜光晦影唯恐人知邁古軼羣終成我貴高士所以景仰匪人所以畏憚以故浮譽罕騰乎流俗因

理安寺志卷之八 藝文

緣懶樹乎塵鞅鞏同心於松竹之林恆患儲無儋石勵後學於江山之許方忻教有鑪錘響峰鹿臥巖湧泉井種疑出鬼工松嶺閒挂衲齋青篛庵步步漸升天際苦行積年爲巖穴樓遲之黃面利生多術爲東南接引之白眉人我山高煩惱塹開徒似點頭之頑石遑如無口之匏瓠人咸謂匡廬復社曹溪再世矣師之熙僕餓非一朝夕奈躡禪梯而不登其巔挽慈桴而不濟其淺能不遠憖龐老近愧石公乎龍飛首歲令在玄英大師之誕辰一遇之甲子山侶門人望風趨謁固知火棗交梨不必果菩提之樹伐毛洗髓不足染功德之池然僕素荷嘔陶願殊華祝署陳大概敬獻小章遂寫之歌曰

澗之卧龍

澗之中翠徽之宮其谷也豐師惟安禪實金仙之卧龍

澗之左白石磊砢其苔也裹其藤也鎖師惟安禪斯濯足而消夏

澗之右雲窩雪竇其鶴也瘦其蘭也臭師惟安禪歌考槃之雅奏

澗之陰烟巒鬱深其清也音其猿也吟師惟安禪故能不動其心

澗之陽水聲鏘鏘其泉也香其松也蒼師惟安禪樂年壽

《理安寺志卷之八　藝文

記

南澗樓禪記　　　　　　仁和周　雯塾谿

歲次壬申十月既望有南澗僧界弘因山中安禪制期約余昆季進山坐七以事不果越二日偕季弟雨田肩輿往理安禪寺寺乃宋建古刹也時值陰雨木葉盡脫山色空濛溪流吞咽亦一奇觀至彼禮佛已同黎六吉和尚齋罷遂入禪堂與大衆和尚敷座而坐余與弟各東西向堂中僧共四十餘輩俱跏趺習靜四無人聲以炷香一枝為率香盡擊雲板一聲大衆俱起經行復視香爐啟戶持香板二人率大衆同出方便不許交談聚首仍隨衆入堂跏坐一日間大約炷香八枝凡坐香一枝後卽經行一枝至日落時少息片晷交黃昏又進堂依前坐定持香板僧輪班四面巡視有閉目思睡者卽以香板撻之夜深萬籟俱寂燈光熒熒四面僧衆或結跏坐者或乘足坐者或倦極不敢坐而立者或背立者或席地坐者惟聞香板聲不絕舉目視之見有垂首微動作點頭石狀者有驚寤而凝睇者有剽側欲跌如醉翁者有避朴而強作惺惺者有旋受朴而旋寐者千熊萬狀笑幾失聲急自問欲笑者是誰強忍乃止總之在堂大衆從朝至暮自昏及晨無有一人不

疲倦被撻者惟予僅免焉荃緣心清神自不昏耳夜間亦
姓香爲爇香爐時開林間鳥漏下五更矣始放參小憩及
東方既白鼓鐘間作衆復如行坐威儀井井程子云三
代禮樂皆在此洵非虛語如是者凡七晝夜其時雪霰飄
空烟嵐罩樹山徑蕭條人跡罕至心境雙清萬緣放下獨
是余夙根淺薄未得一知半見以是爲愧聊賦一詩爲之
解嘲然此一著子乃轉聖超凡之捷徑原非易易者窃謂
人在熟鬧場中度日安肯做此冷淡生涯即有人偶向此
中暫討消息或境靜心馳身閒意亂者有矣予第覺意思
蕭閒毫無昏散想前生應是苦行頭陀喫冷齋飯過來者
不然何以至今嚮往也是爲記

〈理安寺志 卷之八 藝文〉

書

復箬庵問禪師書　　　　　　釋道忞

恭惟座下中和善誘得之往來誦說者多矣方以不獲見
提唱語爲憾忽敎下頒非惠新錄一披展再讀青山白
雲開遮自在眞古老所謂喬大旂鼓手者非耶敬爲禹山
忻慶曷量某謭劣無庸詎堪齒錄乃雨奉手示過於獎藉
豈非慈悲太殺無所不用其術循者歛敬領厚愛拜手以
謝餘希恕悉弗備又前歲山兄始趨寂寞冬晦老復眞歸
賢人相繼隱淪天地豈眞遂閒乎淮楚素輕儁復奪乃良

理安寺志卷之八 藝文

上理安箬庵大和尚　　李皋香嚴

跪讀法語真一滴獅子乳也皋生何辰得以親炙俾會面
曹溪一脉星日常明端於吾師有賴獨是世道衰微人心
漓昧曇雲世間塵勞如鉤鎖連環相續不斷覺不知被
他引入羅網而今世間塵勞更何等塵勞耶望吾師建大
法幢度生死苦或灑甘露或振疾雷俾善信知歸緇素返
本攬長河為酥酪變大地作黃金固知黃檗老人痛施三
頓棒至今縮手不得也行見大徹堂中一夜消息悟十八
人者相繼而起此蠢蠢動含靈山河世界之福矣竊念皋生
愚拙俗累尚輕而自揣生前似於者簡相近然不能捨得
性命下手便了每讀湛堂云一切現成遂而生疑如古德
云直下承當又云擬欲起心動念承當早已蹉過此不能
冰釋者礙膺之物非和尚莫除昔大慧禪師因李獻臣之
問遂書十八則與之皋今日用應緣處如何做工夫敢備
素楮一幅亦以此請弟子李皋頓首上

奉提撕雨澎寒林風揚煦渚不動一步已到華嚴世界矣
乞為弟陳掛靈堂聊表寸心而已臨書悲任涕零之至
方與會有自晦不易之憂特遣侍僧代慰所有俚言薄奠
照復懸不審然乎否耶本欲親詣寶坊躬申弔問奈東作
導弟知其從冥入冥也必矣聞兄悲憝逡巡竹林庶幾慧

理安寺志卷之八 藝文

再上箬庵大和尚　　　　　　　李鄴嗣

噫乎一切天下人不知有佛祖者即被知有佛祖者即被知有障甚至家私其學戶師其說互相詆誹意見百千皆禰憂之即謂佛祖異矣而黃老異乎黃老異矣而孔孟異乎孔孟異矣而事君治民異乎饑食困眠異乎妻子聚頭處異乎賓客往來處異乎當未有三教之先是箇甚麼既有三教之後是箇甚麼三教之流不窮三教之源正如蝦蟆在鱉不識大海蚯蚓在窟不窺名山即玄不訕乎禪而無如禪之絕物太高也禪立不棄乎儒而無切儒之立己已甚也遂至流弊無窮本來盡失當今之世禪之病在言句玄之病在精氣儒之病在詩書看得破則言句精氣詩書無非妙道然從何處看破乎種種差別即此無差別因緣種種疑惑莫非無疑實地昔普覺禪師曰直要到古人腳踏寶地處不疑佛不疑老君不疑孔子然後借老君孔子佛鼻孔要自出氣伏望和尚興慈運悲利益一切不惜葛藤更為逗漏

題跋

題箬庵問禪師普說　　　　　釋通際山茇

昔妙喜老人詆默照邪禪謂之斷佛慧命不通懺悔而今

卷之八十七終

卷之八十八

其榮名而致王公焉其與不能者也同乎哉
丁寧至于再至于三若是其不憚煩也既又
謂由之書其非先王之法言而孰敢道若是
者余讀國語至晉羊舌肸聘于周發幣于大夫
及單靖公單靖公為之賦轡之柔矣三公之
事也又語之昔先王之教懋帥其德也猶恐
隕越若廢其教而棄其制也蔑為也今吾子
之教也曰忠信焉曰愛人焉人之忠信愛人
其有異心乎且夫私欲不違民乃寧所謂忠
信愛人也此先王之道也何棄焉是道也肸
聞諸司馬侯曰其有晉國之戚者其單子也
其言比也忠其行比也信其禮比也讓肸之
為司馬也不敢以私貨立訟也是以又使諸
單靖公曰其以肸告也雖然單子之教則庶
乎不忘矣敢告叔向嘻是非吾所謂善學柳
下惠者乎且夫單靖公以愛人忠信為先王

理安寺志 / 杭州市地方志办公室编. -- 杭州：西泠印社出版社, 2012.9
ISBN 978-7-5508-0552-1

Ⅰ.①理. Ⅱ.①杭. Ⅲ.①佛教-寺庙-史料-杭州市 Ⅳ.①B947.255.1

中国版本图书馆 CIP 数据核字(2012)第 217880 号

責任編輯：楊　舟
責任出版：張金鴻

理安寺志（一函五册）	
出　版	西泠印社出版社
發　行	華寶齋古籍書社
印　刷	華寶齋富翰文化有限公司（浙江省富陽市江濱東大道二一號）
裝　訂	
版　次	二〇一二年九月第一版第一次印刷
印　數	一——五〇〇
定　價	捌佰伍拾圓

ISBN 978-7-5508-0552-1